AF260033

AUBERT,
PLACE DE LA BOURSE.

G. BARBA,
31, RUE DE SEINE.

LE FLOUEUR,

par Ch. PHILIPON. — 70 Vignettes par DAUMIER, LORENTZ, Ch. VERNIER et TRIMOLET.

Préface.

Je ne vois jamais une préface sans songer à ces belles poupées de cire, bien roses, bien décolletées, qui, placées derrière le carreau des coiffeurs, tournent sur elles-mêmes, font la roue, pour présenter sous toutes faces les charmes artificiels de leur perruque.

En effet, la préface est l'étalage de l'auteur : c'est là qu'il expose au public non-seulement le but de son œuvre, mais encore les trésors de son érudition ; c'est la place des citations historiques, scientifiques et archéologiques.

La préface est la plus belle montre de sa boutique, et le public passe devant elle comme devant la poupée de cire, — sans la regarder. Ingrat public !

J'aurais donc tort de dépenser inutilement mon capital de savoir, de prouver, comme je le pourrais faire par ce qui nous reste de monuments antédiluviens, que la flouerie est née avant l'homme, qu'elle a commencé dans le paradis terrestre, et s'est perpétuée jusqu'à ce jour de génération en génération, de femme en femme et de mâle en mâle ; ce qui lui constitue un assez bon nombre de quartiers et un arbre généalogique un peu remarquable, chose qui n'est point indifférente dans un temps de vanité et de charlatanisme comme le nôtre.

Je me bornerai au strict nécessaire ; je dirai seulement l'étymologie du nom de mon sujet, l'acception de ce mot, et je donnerai le signalement obligé du personnage qui en représente le type.

Le floueur et le banquiste sont deux frères jumeaux, qu'il faut peindre ensemble ; car ils se complètent l'un l'autre, et ne font souvent qu'une seule et même personne, comme les frères Siamois.

Nous ferons marcher de front ces deux beaux caractères.

Floueur vient de flouer, verbe actif, — très-actif, qui lui-même provient de *florere*, verbe neutre : fleurir, briller, exceller ; attendu que la flouerie brille, fleurit, excelle aujourd'hui plus que jamais.

Le mot est nouveau ; mais, nous l'avons dit, le type est ancien. Il a porté, suivant les siècles, des noms très-variés ; il s'est appelé : druide, — augure, — prophète, — sorcier, — alchimiste, — traitant, fournisseur, etc., etc., etc.

La racine latine que je vous offre n'est peut-être pas de votre goût? Dites-le, vous auriez tort de vous gêner; je tolère parfaitement la controverse sur ce point; car, entre nous, en vous la présentant, je pensais tout bas ce que saint Augustin a la franchise ou la naïveté de dire tout haut après une définition telle quelle de je ne sais plus quel mystère :

« Si je vous dis ces choses, ce n'est pas que je les sache; c'est uniquement pour ne pas rester court. »

Saint Augustin connaissait bien l'esprit de l'homme! Un savant peut dire des bêtises, il ne doit jamais rester court.

Si l'étymologie de floueur est douteuse, l'application de ce mot est infiniment plus certaine.

Flouer est le synonyme de voler, tromper, attraper; — avec cette différence que voler exprime seulement l'action matérielle de prendre le bien d'autrui; — tromper, l'action morale (grammaticalement parlant) d'induire malicieusement quelqu'un en erreur; — attraper; — prendre à un piège.

Ainsi, en prenant l'argent de son prochain, on le vole; — en lui faisant accroire la chose qui n'est pas, on le trompe; — et en lui faisant faire par ruse une faute quelconque, on l'attrape.

En le trompant, l'attrapant et le volant tout à la fois, on le floue.

La flouerie est au vol ce que la course est à la marche, l'éloquence à la parole : c'est l'état superlatif d'une qualité ; c'est le progrès, le perfectionnement scientifique, comme l'éclairage du gaz comparé à la lumière du suif.

Venons au signalement du floueur.

Ici commence le travail physiologique, ici va se révéler déjà la profondeur d'observation dont le ciel a doué l'auteur modeste de ce charmant petit *canard*.

Il est des floueurs de tout âge, de toute corpulence, de tout visage et de tout rang.

Il existe aussi des floueuses non moins variées. Sans vanité, nous pensons qu'il est difficile de donner un signalement plus complet, sauf pourtant celui-ci :

Visage ovale,
Teint ordinaire,
Nez moyen,
Bouche *idem*,
Menton rond;
Signes particuliers : zéro;

Signalement que le chef de bureau des passe-ports, à Paris, certifie conforme et véritable pour les 900,000 voyageurs qui se présentent mensuellement à ses attentives remarques.

Cependant, comme il est des esprits pour lesquels toutes les explications théoriques sont insuffisantes, je vais formuler un moyen d'expérimentation simple, facile, et à la portée de toutes les intelligences.

Arrivez le matin sur le perron de Tortoni; — allez à deux heures à la Bourse, dans la coulisse ou sur le parquet; — approchez-vous à six heures d'une table d'hôte tenue par une vieille panthère; — le soir, faites-vous introduire dans un cercle de joueurs; ou pénétrez à toute heure de la journée dans une tontine, — dans un bureau de placement ou de remplacement, — enfin dans une boutique quelconque s'intitulant philanthropique, morale ou religieuse; fermez les yeux et saisissez le premier individu qui vous tombera sous la main : — ouvrez-les yeux, regardez-le, vous tenez un floueur.

Ce n'est pas plus difficile que cela.

J'aurais pu augmenter de beaucoup la liste des lieux propres à cette expérience infaillible; j'aurais pu vous indiquer d'autres ré nions, des salons, des palais même, dans lesquels vous ne seriez p

exposé davantage à co mettre un quiproqu Mais à quoi bon? Nous voulons traiter ici que d généralités, observez et fa tes les applications par culières.

Parlons du banquiste.

Quelques hommes so banquistes sans êtr floueurs, mais tous floueurs sont banquistes.

Le banquiste, c'est charlatan, c'est l'homm qui s'habille en rouge po se faire remarquer au pr mier coup d'œil; — c'e l'homme qui fait promener ses affiches sur le dos d'un malotru; c'est la queue rouge de l'industrie, c'est le Gringalet de Bilboque

Le banquiste seul n'a pas de portée. — Que ferait Gringalet sa le génie de Bilboquet? Rien. *L'union fait la force.*

Du floueur en général.

L'on devient cuisinie mais on naît rôtisseur.

Cet aphorisme de Brilla Savarin a été mis à tou sauces; servons-le de nouvea mais présentons-le ainsi : On devient fripon, mais naît floueur.

Regardez, en effet, les fants sont tous plus ou moins maraudeurs, larrons, voleurs mêm mais il en est quelques-uns dans le nombre qui dérobent avec tout les circonstances aggravantes de préméditation, de calcul et fausseté. C'est parmi ces derniers que percera quelque jour floueur pur-sang, l'homme qui flouera son père, sa mère, sa femm et ses enfants, avec la tranquillité d'une belle âme.

Un homme de cette sorte disait : — Je donne à ma femme mi écus pour l'entretien de la maison; il est impossible qu'elle retrouve. La femme s'y retrouvait pourtant, mais en trompant so mari.

La flouerie semble à certaines gens chose si naturelle, qu'i nient complètement la probité, ou qu'ils sont tentés de la prend pour un travers, si ce n'est pour un vice.

Un homme qui avait fidèlement servi pendant vingt ans le célè bre munitionnaire Ou....., le priait un jour de venir en aide à misère. — Comment! s'écria le financier, vous avez été vingt a mon intendant, et vous n'êtes pas riche ?... Vous n'êtes qu'un sot, vous m'avez trompé, retirez-vous !...

Vous rencontrerez tel bon père de famille, bon citoyen, excellent ami, qui ne tricherait pas au jeu, ne déroberait pas une pomme, et qui, dans les affaires d'argent, devient un floueur intraitable ; c'est l'usurier bon garçon, qui vous égorge le matin et vous invite le soir à dîner.

Tel autre passera sa vie dans les pratiques de l'honnêteté, qui, un beau jour, s'enfuira en laissant sur la place un déficit prodigieux.

Qui pourrait dire combien sont morts en odeur de probité, à qui l'occasion seule a manqué de faire un énorme *trou à la lune ?*

Ce sont des floueurs que la mort a volés.

Enfin, et cela donne à l'étude de la flouerie l'attrait des recherches psychologiques, le monde floueur reflète toutes les variétés, toutes les bizarreries et les inconséquences de l'humanité.

Du banquiste en général.

Le banquiste, nous l'avons dit dans la préface, est le paillasse qui bat la caisse au profit de l'escamoteur et au sien.

Dans les rangs les plus infimes de la société, c'est le marchand de chaînes de sûreté, — le marchand d'articles à quinze et à vingt-cinq sous, etc., criant sa marchandise fabriquée, dit-il, par la *main des sauvages* ou par les *malheureux prisonniers.*

Un peu plus haut, c'est le boutiquier qui vend, POUR CAUSE DE CESSATION DE BAIL, à 50 pour 100 au-dessous du cours — prononcez *au-dessus.*

Vient ensuite le commis voyageur, banquiste ambulant.

Le pharmacien, débitant de pilules, de pâtes, de poudres, de pastilles, etc.

Le parfumeur, qui vend des cosmétiques pour effacer les rousseurs, pour teindre les cheveux, blanchir la peau, etc.

Un degré au-dessus, on rencontre l'entrepreneur de grandes affaires, le lanceur d'opérations industrielles, qui promet aux actionnaires des bénéfices *plus grands que nature,* des dividendes monstrueux.

Mais plane sur tout ce frétin le roi des banquistes, le banquiste politique, celui qui chante *la Marseillaise* quand le vent est à la guerre, — fait le mort quand le vent est à la paix, — celui qui sait remuer les masses par la peur ou par l'enthousiasme... Celui-ci est le beau idéal du genre, c'est la réunion des deux types, banquiste et floueur, dans une seule et même personne ; c'est le mystère de l'unité dans la dualité.

Le floueur politique.

La loi exige un cautionnement de tout écrit périodique traitant de matières politiques, nous ne voulons pas verser 12,000 fr. pour avoir le droit de vous ennuyer ; aussi laisserons-nous, et de grand cœur, la politique de côté, mais généralement parlant, et seulement au point de vue philosophique, nous esquisserons à larges traits la physionomie du floueur politique dans différentes classes de la société.

Le floueur politique est le modèle, le guide, le vrai roi de la flouerie ; car c'est lui qui s'élève aux plus hautes conceptions, fait jouer les plus puissants ressorts, obtient, — quand il réussit, — les plus grands résultats ; en un mot, c'est lui qui personnifie le type floueur.

Supposez un roi floueur. Assurément la nation qui serait gouvernée par un roi de cette espèce pourrait devenir avant peu la plus *civilisée* de la terre. Car il est toujours, dans un peuple, un nombre considérable d'hommes toujours prêts à singer le chef du gouvernement, et les vices d'en haut descendent insensiblement dans les couches d'en bas : — Voyez la galanterie du siècle de Louis XIV, la rouerie de la régence et la débauche du siècle de Louis XV.

Tous les rangs, toutes les situations politiques peuvent présenter le type du floueur.

Prince, il trompera ses amis et ses ennemis ; les poussera sourdement aux conspirations, aux révolutions, pour arriver au trône, se tenant prêt à les désavouer s'ils échouent et à les oublier s'ils réussissent.

Ministre, il s'enrichira par des coups de bourse, — par des recettes générales données à sa famille, avec laquelle il en partagera le produit, — ou par des fournitures de sabres ou de fusils qu'il s'adjugera sous le nom d'un tiers.

Ambassadeur, il traitera dans son propre intérêt les intérêts de son pays, et couvrira de son inviolabilité des opérations de contrebande.

Représentant, il flouera ses commettants par des changements de couleur. — S'il est magistrat, il changera pour un degré d'avancement ; manufacturier, pour une adjudication ; — avocat, pour un siège de procureur général : — financier, pour un emprunt ; — s'il est pauvre, pour une place ; s'il est riche, pour une ambassade, etc., etc.

Juge, il soulèvera le bandeau de Thémis pour fausser le poids en matière politique, pour frapper juste sur le faible et ménager le fort.

Électeur, il trafiquera de sa voix pour obtenir un chemin vicinal, une bourse à son fils, un ruban à sa boutonnière, une misère quelconque.

Administrateur, il

Économisera cent mille écus de rente
Sur des appointements qui ne sont que de trente.

Chef de bureau, s'il ne peut faire mieux, s'il n'a dans ses attributions ni la voirie pour vendre les plans de la ville, ni les lignes ou les numéros des voitures publiques pour gagner des pots-de-vin, il flouera les surnuméraires en plaçant ses neveux, les employés en s'attribuant les gratifications, etc., etc.

Journaliste, il traînera tel ou tel dans la boue ; le lendemain, il les placera l'un ou l'autre, — ou l'un et l'autre — sur un piédestal, les insultera de nouveau, les réencensera, et ainsi de suite, proclamant et reniant tour à tour, sans la moindre pudeur, et les mêmes principes et les mêmes hommes.

Oui, nous avions raison de le dire, le floueur politique est le premier des floueurs.

Le banquier floueur.

Quel est cet homme ? — un banquier. — D'où vient-il, et comment est-il devenu banquier ? — tout le monde l'ignore. Il fait

la banque, c'est tout ce qu'on connaît de lui ; mais à voir sa science dans les chiffres et dans le calcul de l'intérêt des intérêts, il est certain qu'il a dû faire des multiplications et des soustractions à l'âge où d'autres font leurs dents. Quoi qu'il en soit, banquier par droit de naissance, par la grâce de Dieu, ou par la grâce du diable, il a gagné de l'argent ; et s'il reste banquier, c'est pour en gagner encore.

Vous comprenez que nous ne faisons pas ici le procès à la banque en général, — nous ne parlons pas de l'homme qui fait honnêtement l'agio, le change de place ou les négociations commerciales ; mais uniquement du brasseur, du tripoteur d'affaires, et surtout de celui qui recherche de préférence les opérations embarrassées pour pêcher en eau trouble. Exemple :

Vous possédez un terrain de grande valeur sur les boulevards, ou ailleurs ; — vous avez élevé sur ce terrain une magnifique maison. Le tout vous coûte un million ; mais vous avez épuisé votre fortune, et il vous manque une centaine de mille francs pour donner le dernier vernis à vos peintures, le dernier poli à vos marbres. Vous recevez de plusieurs côtés le conseil de vous adresser à M. Pierre, — Paul, — ou Michel, banquier très-estimé, dont la spécialité est de prêter sur de semblables garanties.

Vous risquez une démarche auprès de lui ; vous êtes parfaitement accueilli.

— Nous connaissons monsieur, vous dit-il, et votre propriété, et, ce qui vaut mieux pour nous, votre probité ; combien vous faut-il ?

— Monsieur, j'ai besoin de cent mille francs.

— En voici deux cents. Vous nous ferez une obligation payable dans un an.

— Un an ne pourrait me suffire, avant que ma maison soit en plein rapport, avant que j'aie pu réaliser....

— Nous vous donnons dix ans si vous voulez, mais en renouvelant d'année en année ; c'est l'usage de notre maison. Du reste, vous comprenez bien que nous n'avons pas intérêt à déplacer des fonds aussi sûrement prêtés.

Un renouvellement, deux renouvellements ont eu lieu ; vous dormez sur vos deux oreilles, quand, une année, une mauvaise année, une année de faillites, de troubles politiques ou autres, M. Pierre ou Michel, refuse de renouveler.

— Il a besoin de ses capitaux, — il craint une révolution, — il veut réaliser ses fonds.

C'est un coup de foudre ! Vous cher-chez de l'argent en toute hâte. — L'ar-

gent qu'on demande avec précipitation ne se trouve pas. — Le terme fatal approche, il arrive ; vous n'avez pas encore pu emprunter, les frais commencent ; dès ce moment, l'emprunt devient impossible.

Les frais continuent ; vous voulez gagner du temps, vous plaidez sur ceci, sur cela ; vous vous enferrez davantage.

Un jour, la maison est mise aux enchères : vous n'avez pas publié votre ruine à son de trompe, M. Paul, ou Michel, n'en a rien dit de son côté, — personne ne se présente à la vente forcée... personne, que vous et M. Pierre, ou Michel... Tout lui est adjugé pour 350,000 francs, — 200,000 francs prêtés et 100,000 francs de frais, total : 300,000 francs ; vous restez son débiteur de 50,000 francs.

Clichy vous reçoit dans ses murs hospitaliers. Mais bientôt la vie du cloître vous fatigue ; vous négociez avec votre intraitable créancier, et votre femme le presse de sollicitations : ses larmes sont longtemps infructueuses. Un jour, elle obtient tout ; par quel moyen ? vous l'apprendrez trop tôt...... Vous êtes libre ; vous avez perdu votre fortune et votre bonheur domestique, mais vous avez du moins acquis une profonde connaissance de l'instabilité des propriétés immobilières et conjugales... c'est bien quelque chose !

Tel autre banquier du même ordre opère d'une manière analogue sur les grands industriels gênés, — ils le sont tous, en leur faisant offrir par des compères un crédit que le manufacturier accepte à baise-mains. A dater de ce jour, l'argent coule, la fabrique grandit, se développe, double ses produits, étend prodigieusement ses affaires ; mais aussi, à dater de ce jour, la ruine du fabricant est assurée ; — la veille d'une lourde échéance, le crédit est brusquement retiré.

Vainement le malheureux commerçant supplie, se traîne aux genoux de l'homme qui tient dans sa main son honneur et son sort, rien n'émeut ce cœur d'argent. — Pressé par ses engagements, et placé entre la honte d'une faillite ou la misère, l'honnête homme ne balance pas : il assure la paye de ses ouvriers et la virginité de sa signature, fait l'aban-

don du fruit de vingt années de travail, et le banquier devient, d'un coup de dés, fabricant de porcelaine, de toiles peintes, de produits chimiques, etc.

Disons-le cependant, pour être juste envers tout le monde, on voit quelquefois le nouveau propriétaire de la manufacture faire un sort à l'ancien fabricant, et l'envoyer avec une petite pacotille mourir au Sénégal ; — quelquefois même il ne l'arrache pas aux douceurs de la famille, et lui fournit généreusement les moyens de vivre dans son pays... concierge ou garçon de magasin.

Mais le beau temps du banquier floueur fut le temps de l'épidémie des commandites par actions.

Tous les jours, vingt sociétés nouvelles se créaient ; jamais le capital n'était moindre de quelques millions ou de quelques belles centaines de mille francs, — et jamais le fondateur ne possédait trois sous. Il fallait donc absolument que cet honnête homme de gérant contractât un petit emprunt, car il ne pouvait décemment demander son capital d'un ou plusieurs

millions sans bottes, sans chapeau et sans la moindre apparence d'une chemise. — il fallait de la représentation, que diable ! il en fallait ! — et puis les prospectus bleus, les affiches vertes, les an-

nces destinées à chauffer le public exigeaient de l'argent. Le fon-
teur de la société en commandite se présentait chez notre ban-
ier, et lui tenait à peu près ce langage :

— Monsieur, j'ai obtenu un brevet pour la fabrication des
cres d'orge en caoutchouc; c'est une magnifique affaire. Elle a
a but philanthropique qui ne vous échappera pas; car le sucre
t mal aux dents des enfants, et il est essentiellement cher. Par
tre invention, nous mettrons toutes les classes de la société en
at de goûter les douceurs réservées jusqu'à ce jour aux classes
ches, et de les goûter perpétuellement... nos bâtons de caoutchouc
fondent pas; ils resteront dans une famille, et se transmettront
rpétuellement. Quant aux résultats financiers, quelle opération,
vous le demande, est suceptible de plus d'extension que le caou-
houc? Voulez-vous être le banquier de notre société ?

LE BANQUIER. — Monsieur, je suis toujours disposé à prêter
ppui de ma maison aux entreprises conçues dans un but utile
moral et conduites par des hommes aussi honorables que vous
araissez l'être. — Je crois parfaitement à la solidité de... vos nou-
aux sucres d'orge, et je serai très-volontiers votre banquier aux
nditions que voici :

— Je vous ferai une avance de 20,000 francs pour les frais de
ncement, et je recevrai, pour me couvrir de cette somme, une
aleur de 50,000 francs en actions.

LE GÉRANT. — Ça va! accepté.

LE BANQUIER. — vous me donnerez à titre de gratification la
moitié des actions que vous
accorde l'acte de société en
qualité de fondateur....

LE GÉRANT. — Comment!
la moitié de mes 500,000 fr.?

LE BANQUIER. — Farceur!
la moitié de vos cinq cents
morceaux de papier intitulés :

Action de mille francs.

LE GÉRANT. — Oui, mais
si nous les plaçons, cela ne
era pas moins 500,000 bons francs !

LE BANQUIER. — Sans doute! mais les placerez-vous, si vous
'avez ni bottes, ni chemise, ni banquier; si vous ne pouvez faire
i annonces, ni affiches, ni prospectus ?

LE GÉRANT. — Diable! c'est dur. — Voyons, passons...

LE BANQUIER. — Les versements se feront chez moi, et les
remières actions placées seront les miennes.

De plus, une prime de 10 pour 100 me sera allouée sur le placement général des actions.

LE GÉRANT, *effrayé*. — C'est sur ma part que vous prendrez
encore ces 10 pour 100!

LE BANQUIER. — Eh !
non, c'est sur le fonds
social.

LE GÉRANT. — Ah !
bien, très-bien !

LE BANQUIER. — Je
demande aussi une épin-
gle de dix mille francs
après le placement de
toutes les actions.

LE GÉRANT. — Sur ma
part?

LE BANQUIER. — Non,
non, toujours sur le fonds
social.

LE GÉRANT. — Bien !
bien ! bien !

Le gérant recevait ainsi 20,000 fr., et s'empressait, toujours
pour représenter dignement la société, de louer un magnifique

appartement, de le meubler à crédit, d'acheter de même un cheval ou deux et de prendre une ou deux maîtresses. — Les
annonces, les pros-
pectus, les affiches,
tout marchait ronde-
ment, car les impri-
meurs, les courtiers
de publicité et les
fournisseurs comp-
taient sur la caisse
du banquier de la
société.

Les actions s'enle-
vaient.

Mais les produits manufacturiers ne s'enlevaient pas; quelquefois
même la fabrication n'était pas commencée, que déjà le capital
social était absorbé, — par les frais de lancement, — le prélèvement du gérant, les remises, bonifications, primes, etc., accor-
dées au banquier, — les appointements de l'état-major, — les
achats de machines, les constructions inutiles, et les préparatifs
faits sur une échelle toujours triple des besoins et des moyens.

Quant au banquier, il était en règle; aussitôt les actions placées,
il avait fait ses comptes et les avait présentés au directeur.

Doit	la *Société des Sucres de caoutchouc à M ***.*		Avoir.
Avances convenues.	20,000	Paiement de mille actions de 1,000 fr. chacune.	1,000,000
Moitié des actions attribuées au gérant.	250,000		
10/00 sur le placement inté-gral des actions.	100,000		
Pour prime ou épingle.	10,000		
Intérêt de 300,000 fr. avan-cés au gérant avant l'entier placement des actions, commission, etc., suivant le compte remis le... etc.	21,000		
	401,000		
Créditeur pour balance.	599,000		
Total.	1,000,000	Total.	1,000,000

Notez que ces 599,000 fr., après les avoir reçus en espèces
sonnantes, il les avait versés par bribes, en billets à échoir et payables à Pantin, — à la Villette, — à Mont-Rouge; quelquefois
même payables en province et à l'étranger.

Ainsi, outre le bénéfice réel de 181,000 fr. qu'il avait réalisé
sur une misérable avance de 20,000 fr., il avait joui pendant plus
ou moins de temps d'un capital flottant de 6 à 800,000 fr.

Sans compter qu'il n'avait pas manqué de vendre un certain
nombre d'actions au-dessus du pair, sous prétexte de rareté.

Vous croyez les bénéfices de notre banquier finis là? — Cette
erreur atteste votre innocence! Non, tout n'est pas dit encore.
Aussitôt ses comptes réglés avec la société, notre homme écrit à
tous ses correspondants et fait répéter par tout le monde qu'il n'a
pris aucune part réelle à cette opération, mais qu'il regrette de lui
avoir prêté le nom de sa maison. — Sa religion a été surprise; il
craint que l'affaire ne soit pas gérée avec toute l'économie, toute
l'intelligence désirable, etc., etc.

Les souscripteurs d'actions s'effraient et se hâtent de lui adresser
leurs titres, avec prière de les vendre au plus vite.

Bientôt la panique devient générale, tous écrivent de vendre à
quelque prix que ce soit.

C'était là le moment attendu, la maturité de l'actionnaire, l'heure
de manger le melon.

Le banquier fait venir le gérant.

« Mon cher monsieur, lui dit-il, je ne voudrais rien faire qui
vous fût nuisible; mais voyez, voyez ces lettres, je suis forcé de
jeter demain sur la place 400,000 fr. de vos actions... J'ai des
ordres précis de vendre, voyez...

LE GÉRANT. — Fichtrrrre ! mon affaire est coulée si vous le
faites !

LE BANQUIER. — Vous avez un moyen... remboursez.

LE GÉRANT. — Avec quoi? — Vous m'avez donné 599,000 fr.;

sortons les 250,000 fr. qui me revenaient, il n'est resté à la société que 349,000 fr.

LE BANQUIER. — Parfaites la somme avec vos 250,000 fr., il restera toujours pour vous 149,000 fr.; cela vaut mieux que rien. »

Le gérant, effrayé par l'imminence de la faillite et la possibilité d'un vilain procès, remboursait au pair; le banquier accusait avoir vendu à 50 pour 100 de perte, et il réalisait encore 200,000 fr.

Le jour prédit par le bon sens arrivait, — il fallait liquider. — Le gérant levait le pied et faisait un voyage d'agrément en Belgique, emportant avec lui les rêves des actionnaires, leur argent et le *secret du procédé*.

Il n'est pas besoin d'un grand nombre d'affaires de ce genre pour enrichir un homme; aussi le banquier floueur arrivait vite à la fortune.

Et lorsque le vent tourna contre les sociétés en commandite, notre homme n'opéra plus que derrière Macaire ou Wormspire, partageant avec eux les bénéfices, mais leur laissant la responsabilité une et indivisible.

Un banquier de cette classe a fait dans le temps un mariage dont on a beaucoup parlé, et qui méritait en effet les honneurs de la publicité.

Il avait demandé la main d'une fort belle et fort aimable personne dont le père était immensément riche. La demoiselle avait du goût pour un autre et de l'aversion pour le financier. Cependant celui-ci, ayant satisfait aux exigences du père sous le rapport de la fortune, allait toujours, se préparait au mariage, s'inquiétant fort peu des dispositions de la fille. La pauvre enfant n'avait encore vu le monde que par la fenêtre de son pensionnat, et jugeait du cœur de tous les hommes par le sien et celui de son cousin; elle crut donc faire merveille en imaginant une ruse qui devait, selon ses petites idées d'honnête fille, réussir à coup sûr. Elle feignit

d'avoir outre-passé les bornes d'un amour platonique, et s'accusa,

l'innocente enfant, d'une faute qu'elle n'avait point commis

Tout en confessant ce crime imaginaire, son bel œil noir suiva à la dérobée les mouvements physionomiques du prétendu, et che chait l'expression d'horreur et d'indignation *attendue...* Elle rencontra que celle de la joie : son futur souriait et se frottait mains. Pourquoi? C'est qu'il trouvait dans cette confidence bénéfice de cent mille francs.

En effet, le père, dupe du stratagème de sa fille, et fort heure de la tolérance du prétendant, consentit à augmenter la dot d'u centaine de mille francs, ce qui, dans les idées des deux homm d'affaires, établissait le compte ainsi :

<table>
<tr><td align="center">*De l'amour en plus
d'un côté.*</td><td align="center">*De l'argent en plus
de l'autre.*</td></tr>
<tr><td align="center" colspan="2">*Balance.*</td></tr>
</table>

Anaïs (donnons un nom à cette jeune fille, cela sera plus con mode pour le lecteur et pour nous) s'était trop avancée pour po voir reculer; d'ailleurs, plus elle voyait son futur, plus elle aim son cousin. Anaïs persista dans ses refus. Aux nouvelles instanc de son prétendu, elle répondit par un aveu complémentaire d premier. « Monsieur, lui dit-elle, puisque vous m'y forcez p votre insistance, je dois tout confesser; vous comprendrez enf qu'une barrière infranchissable existe entre nous... Ma faute sera bientôt plus un mystère pour personne : je — vais — être mère... » Cette fois le banquier bondit sur sa chaise et se précipi dans le cabinet du beau-père.

La jeune imprudente riait et s'applaudissait; mais, hélas! il rep rut bientôt; la dot était doublée, et sa philosophie, grandie d 200,000 fr., était de taille à franchir toutes les barrières : il fall céder : la pauvre Anaïs devint madame ***.

Qu'arriva-t-il de l'amoureux platonique? L'histoire ne le d pas, il monta sans doute au grad d'ami de la maison.

Quoi qu'il en soit, *** donn aujourd'hui des bals magnifique dont Anaïs fait les honneurs ave beaucoup de grâce. Dans les em brasures des fenêtres vous enten driez bien tout le monde rire u peu de l'amphitryon et se conte à l'oreille l'histoire de son ma riage, mais bah!! — que lu importe! il est possesseur d'une belle fortune et d'une joli femme; il est membre de la Légion d'honneur, personne n'a droit de dire qu'il manque d'honneur.

Le Faiseur.

Dans le temps de la commandite, — cet âge d'or de la flouerie, — le faiseur était le dieu, le sauveur de toutes les industries atteintes d'une maladie incurable.

Un commerçant était-il en danger imminent de faillite, il courait

faiseur et lui criait en tendant les bras : *Seigneur, je suis
rt , sauvez-moi !* Le faiseur lui disait : *Levez-vous et mar-
z !* et le moderne Lazare marchait en effet... quelque temps.
Comment s'opérait ce miracle ? Oh ! mon Dieu ! tout simplement
la grâce du prospectus et la toute-puissance de l'annonce.

Le faiseur créait une société par actions, — constituait Lazare
nt de l'entreprise, faisait des prospectus les plus ronflants pos-
es, promettait des dividendes fabuleux, chauffait l'annonce, et
t était dit. — Il passait à une autre opération. — Souvent la
sième n'était pas lancée, que la première était en déconfiture;
s cela ne le regardait pas, il s'était défait des trente ou qua-
te mille francs d'actions qu'il avait reçues pour sa peine , et il
sait Lazare se débattre cette fois dans son linceul comme il l'en-
dait.

C'est au faiseur que nous devons l'invention des affiches mons-
s, des bénéfices anticipés et de tous ces leurres auxquels de-
ent nécessairement se prendre et se prenaient en effet les ba-
ds.

Ce fut lui qui imagina plus tard cette annonce mirobolante :
*Le gérant prend formellement l'engagement de rem-
rser dans un an toutes les actions si leur valeur n'est
s quintuplée.*

Ce gérant ! ce pauvre diable qui, pour quelques pièces de cent
s, accepta les fonctions dangereuses d'administrateur comme il
ait accepté celles de garçon de bureau ! ou bien ce malheureux
ustriel qui s'était accroché aux branches de la commandite
me un noyé s'accroche au plus mince roseau !

Ce fut un faiseur qui lança la fameuse affaire du Physionotype,
e le *Charivari* baptisa du nom de Physiono-trappe.

Bien que depuis celle-ci une myriade de floueries en action aient
fié Paris , rien encore n'a fait oublier la Société-mère, la So-
té-modèle dont nous parlons.

Mais d'abord savez-vous ce qu'était le Physionotype? C'était un
trument nouveau et fort ingénieux à l'aide duquel on prenait
tautanément l'empreinte de votre visage, sans le barbouiller
uile et sans le couvrir d'une couche épaisse de plâtre comme on
ferait encore aujourd'hui s'il vous prenait fantaisie de distribuer
s fac-simile de votre masque. C'était un progrès; — la comman-
e est parvenue à le tuer.

Le fondateur de cette brillante exploitation appela un capital de
usieurs centaines de mille francs et loua un magnifique local dans
quartier le plus beau et le plus cher (règle générale : un beau

local est la première condition
pour obtenir un beau capital).
Il céda ensuite, moyennant
quelques vingtaines de mille
francs, à des sociétés secondaires le droit de physionoty-
per les masques de tel ou tel
département. — Les actions
se plaçant, les droits d'exploitation secondaires s'achetant,

pération obtint bientôt le brillant succès que les gens sensés
aient pressenti. Dès le premier jour... le fondateur mit la clef
us la porte.

L'actionnaire *bon garçon* dit : — Je suis fait, n'en parlons
us. Et il usa de ses titres au premier besoin... d'allumer son cigare.

Le *grognon* demanda des comptes. — On lui fit des comptes
apothicaire dans lesquels l'annonce , l'affiche et le prospectus obli-
s jouaient un si beau rôle qu'il dut s'estimer fort heureux qu'on
lui demandât pas une nouvelle mise de fonds.

Le *criard* s'enroua tout de suite et se tut.

M. *Gogo* voulut savoir pourquoi une affaire qui *lui* avait donné
nt d'espérances filait un si vilain coton. — Il demanda comment
fonds de roulement se trouvait sitôt épuisé. — La réponse fut
einement satisfaisante : — il était épuisé parce qu'il n'avait jamais
xisté.

— Mais, repartit M. Gogo, que sont devenus les fonds produits
par le placement des actions?

— Monsieur Gogo , répliqua le fondateur, votre question passe
toutes les bornes ! Vous n'avez donc pas lu l'acte de société ?

— Ma foi ! non.

— Eh bien ! monsieur, lisez-le, et vous ne vous permettrez plus de
vous immiscer dans les choses qui vous sont entièrement étrangères.

« Article **. Le capital social revient de droit et en totalité au
fondateur, pour prix de brevet d'invention dont il cède la propriété à la Société. »

— Mais c'est monstrueux! vous avez acheté ce brevet de M. Sau-
vage pour mille francs, et vous le ven....

— Mille francs ! dites-vous? Apprenez, monsieur, que je l'ai payé
10,000 fr...... en actions...... On n'attaque pas l'honneur d'un
homme avec cette légèreté.

M. Gogo fut conspué, — comme de coutume, et la société liquida. — C'est le terme consacré pour dire coula, se réduisit à
l'état liquide de l'eau claire.

Cependant quelques mécontents parmi les actionnaires de province — ceux-là sont plus coriaces — menacèrent des *gens du roi*.
Il fallut à tout prix les endormir. Les uns furent bercés de belles
promesses, les autres reçurent quelque argent, et le plus grand
nombre consentit à échanger ses actions du Physionotype contre
celles de la *Société sanitaire* ou de toute autre entreprise donnant
toujours *les plus belles espérances.*

Tout Paris connaît un faiseur dont la fortune s'éleva dans un an au
chiffre de 600,000 francs, grâce à l'appui que prêtait aux sociétés
en commandite un journal industriel qu'il avait créé dans ce but.
Paris, qui l'a perdu de vue, le croit riche et retiré comme un honnête bourgeois. — Il est ruiné de fond en comble, et ruiné par une
société en commandite.

A force de prédire aux niais des bénéfices inouïs, ce banquiste
finit par y croire lui-même, et fonda pour son propre compte une
affaire en participation dans laquelle il se risqua corps et biens. Il
ne s'agissait de rien moins que d'exploiter un soi-disant duché de
Normandie , de Navarre ou du Berry. — Il acheta une propriété
d'un million, paya d'abord 600,000 francs, et s'engagea pour le
reste ; puis il se mit à construire des usines, des fonderies, des
moulins, des manufactures, etc., etc. — Le faiseur parisien se
croyait le plus habile de France et de Navarre ; — il ignorait encore
quelque chose : — c'est que le propriétaire campagnard peut toujours en revendre aux plus roués floueurs de la capitale.

En effet, les constructions achevées, la gêne commença, et le
paysan prit si bien son temps pour pousser son débiteur qu'il le
culbuta, l'expropria, et se fit adjuger pour les 400,000 francs non
payés la propriété sur laquelle il avait déjà reçu 600,000 francs, et
dont la valeur était augmentée par 800,000 francs de bâtiments.

Humilions-nous , mes frères, devant cette vérité de l'Évangile :
Celui qui se sert de l'épée périra par l'épée.

Le Publiciste.

Pierre soutient, cette année, une thèse contraire à celle qu'il

soutenait l'an passé. — Paul passe brusquement d'un journal patriote dans les rangs opposés. — Jacques ne déserte pas tout seul, il entraîne sa compagnie et livre son drapeau ; c'est-à-dire qu'il change son journal du rouge au blanc sans changer ses rédacteurs. Pierre, Paul et Jacques sont assurément des floueurs, mais des floueurs communs, des types sans originalité, dont nous ne nous occuperons pas ; nous parlerons seulement du floueur économiste.

L'Économiste est en général un ancien élève de Fourier ou du père Enfantin, qui a jeté aux orties sa robe modeste de disciple et s'est un jour délivré à lui-même le brevet de docteur ès-économie politique.

Voici comment il opérait sous le dernier gouvernement.

S'élaborait-il un projet de loi sur un emprunt, sur les chemins de fer, sur les canaux, sur les douanes et les tarifs, la troisième page de certains grands journaux se couvrait d'une énorme tartine plus ou moins feuilletée, que l'auteur intitulait : *Examen du projet de loi.* C'était une sorte de plumpudding littéraire, un mélange de sucre et de sel sur lequel se précipitaient les intéressés.

Personne n'était satisfait, — personne n'était mécontent. L'auteur ne s'était pas encore prononcé sur l'opportunité de la loi, sur le mérite des compagnies rivales ou le danger dont l'industrie est menacée : cet examen était renvoyé aux prochains numéros.

Aussitôt pleuvaient chez le rédacteur en question les invitations à dîner, les lettres de recommandation, les cartes de visite, etc. Un rat de l'Académie royale de musique lui écrivait :

« Mon chair Barnabé,

» Nez rinté pa le projaï danprun, je vous an pri, vou me ferié le plus gran tore, kar mon ban qué an ait sou missionnaire. Je conte sur votre amitié come vous pouvé conté sur la mienne.

» EUPHRASIE. »

Un grand seigneur lui adressait le billet suivant :

« Le comte de *** prie le savant économiste, monsieur Michel, de vouloir bien lui faire l'honneur d'accepter son invitation à dîner ; il se trouvera en compagnie de plusieurs notabilités de la chambre qui désirent causer avec lui de l'importante question des sucres, sur laquelle il peut jeter tant de lumières,

» Son très-affectionné. »

Mais les recommandations, les invitations, toutes les vaines politesses échouaient contre les principes rigoureux du publiciste.

Le second article paraît, l'examen annoncé commence, et tout le monde remarque qu'il froisse les intérêts des plus grandes compagnies, des plus riches capitalistes, et vient en aide aux plus pauvres.

Le ministère n'y comprend rien, il a payé Michel pour soutenir le projet.... Mais, en revanche, les capitalistes comprennent, et ils payent Michel.

Deux jours après, Michel s'écrie dans son troisième article :
« Certes ! on ne nous accusera pas de dissimuler une partie des
» motifs avancés contre le ministère et contre les grandes compa-
» gnies, nous les avons tous déduits avec autant de chaleur que
» pourraient le faire les intéressés eux-mêmes : nous allons facile-
» ment prouver le peu de solidité de cette argumentation, et établir
» que le ministère manquerait à ses devoirs s'il n'accordait pas la
» préférence aux riches capitalistes. »

La conversion est complète ; Michel gagne noblement son argent, et l'abonné n'a pas cessé de trouver son journal parfaitement indépendant, juste et logique.

Direz-vous que la flouerie n'excelle pas ?

Par imitation de l'économiste opérant en grand, nous avons journaux industriels, qui travaillent en petit sur les compagnies d'assurances, les tontines, les banques commanditées, etc. Celui-ci prône les assurances à primes, celui-là soutient les assurances mutuelles, et tous deux puisent leurs raisons dans le principe même de la société qu'ils défendent : tous deux reçoivent une subvention, l'un à titre de prime annuelle, l'autre à titre d'appui mutuel.

Plus bas, dans la boue du journalisme, se trouvent les trafiquants d'ignominie, ces journaux, heureusement ignorés et peu nombreux, qui rançonnent les gérants des sociétés commerciales, les volent à main armée et à l'aide de violence morale en les menaçant d'articles diffamatoires.

C'est encore dans cette hideuse catégorie que se place le journaliste mendiant, dont la feuille compte trente ans d'existence, vingt-quatre abonnés, et emploie — bon an, mal an — une rame ou deux de papier. Le pauvre homme ! direz-vous... — Le pauvre homme a gagné quarante mille livres de rente à son petit métier. Quarante mille livres de rente à demander l'aumône ! Il est vrai qu'il la demande l'escopette au poing, sur ce chemin de la gloire où la vanité et la misère poussent tant de malheureux artistes.

N'eût-il reçu qu'un maravédis de chacun des acteurs qu'il a vu débuter pendant ces trente années, sa fortune pourrait être assez ronde ; mais un mendiant de qualité ne se contente pas d'une obole. Vous en pourrez juger par quelques anecdotes.

LES OEUFS DE LA MÈRE DESBROSSES.

Madame Desbrosses allait quitter le théâtre de l'Opéra-Comique sur lequel elle avait joué bien longtemps. Une représentation d'adieux, une représentation à bénéfice, était annoncée, et la bénéficiaire n'avait pas encore rendu au journaliste en question la visite qu'il attendait de tous ses tributaires ; elle n'avait pas payé par anticipation la dîme du pauvre, qu'il prélevait sur les recettes extraordinaires.

— C'est singulier ! disait-il, Desbrosses n'est pas venue... Je vais la travailler dans le numéro de demain... — Et il écrivait :

« Madame Desbrosses quitte enfin le théâtre... Bonheur !

» L'Opéra-Comique donne ce soir une représentation au bénéfice de la Desbrosses... Four complet. »

Ce style vous étonne. C'était pourtant là toutes les ressources de notre Quinola ; c'était là ces méchancetés qui faisaient trembler le

monde dramatique. Vraiment, cela fait souvenir de ce fameux

bandit qui arrêtait les diligences avec un fusil de bois, n'ayant pour complices que d'inoffensifs mannequins.

Le journaliste en était au *Four complet*, lorsqu'on lui remit de la part de madame Desbrosses un panier cacheté; sa plume se releva.

— A la bonne heure. Jeanneton! ouvrez ce panier, et dites-moi ce qu'il contient.

Jeanneton obéit, et montre aux regards étonnés de son maître... des œufs!

— Des œufs! des œufs! Ah! Desbrosses, tu te fiches de moi parce que tu vas quitter le théâtre: attends! attends! et il se remet à écrire.

« La vieille Desbrossés, cette pitoyable chanteuse.... »

— Monsieur! monsieur! il y a sous les œufs un beau service de coquetiers en argent.

— Que diable! aussi, je disais: Elle est donc folle?.... Allons, allons, *soignons-la*, cette chère amie.

« Madame Desbrosses, cette piquante actrice, toujours jeune, » toujours jolie, toujours adorée du public, quitte la scène...... » Désespoir.

» L'Opéra-Comique donne ce soir une représentation au bénéfice « de madame Desbrosses... Queue d'une lieue. »

LES BONS COMPTES FONT LES BONS AMIS.

Le critique susdit (nous l'appelons critique pour ne pas répéter trop souvent le titre de notre physiologie) recevait de Nourrit une subvention de 2,000 fr.; car Nourrit lui-même n'avait pas osé s'af-

franchir de ce honteux impôt. Duprez, venant remplir les mêmes

rôles, crut devoir accepter les mêmes charges; mais, soit qu'il ignorât le chiffre du tribut payé par son devancier, soit qu'il le trouvât trop lourd, dans la visite qu'il rendit au journaliste, il ne lui offrit qu'un billet de mille francs.

En homme de goût, Duprez avait placé son billet sur le coin de la cheminée et sous le chandelier, comme on fait pour toute somme qui ne peut être ni donnée ni acceptée sans rougir. Comme on fait aussi pour une aumône.

Le *critique* alla droit au chandelier, le souleva ostensiblement, déplia le billet, et, le trouvant seul, le rendit effrontément à l'artiste en disant:

— Monsieur Duprez, je ne puis accepter mille francs, j'y perdrais trop.

— Et moi aussi, répliqua Duprez saluant son interlocuteur en remettant le billet dans sa poche.

Cette réponse a fait, comme on le pense, le plus grand tort à Duprez... dans le journal en question; mais elle a établi dans le monde sa réputation d'esprit et de bon sens.

Le savant.

Le corps savant se divise en deux classes:
Les savants *pour de rire*,

Et les savants *pour de vrai*.

Ces derniers sont ceux dont nous n'avons pas à nous occuper. Passons.

Quoi! dans le corps savant lui-même on compterait des floueurs?

— Non, on ne les compte plus, mais on compte ceux qui ne le sont pas; c'est plus tôt fait.

Les savants *pour de rire* sont d'abord (à peu d'exceptions près) les professeurs titulaires de langues archimortes, comme:

— Les commentateurs des poëtes et historiens de l'antiquité la plus fabuleuse;

— Les traducteurs de chinois, de mantchou, d'hindoustanien, d'arménien,

Et autres langues que tout le monde ignore aussi bien qu'eux;

— Les archéologues payés pour déchiffrer les inscriptions indéchiffrables, pour inventorier, et, au besoin, inventer les monuments phéniciens, druidiques et autres;

— Enfin, certains chargés de missions, — certains conservateurs de médailles et bibliothèques, et cette foule de savants dont tous les titres se composent de la réimpression d'un livre peu connu, de la traduction d'une vieille chronique ou d'un manuscrit volé à quelque trépassé.

Dans l'impossibilité de passer une aussi grande revue sur la petite place qui nous est réservée, nous vous présenterons seulement quelques moustaches de l'armée scientifique, et vous dirons leurs plus brillants faits d'armes.

Par forme d'introduction, permettez-nous de vous narrer une

petite histoire rétrospective qui se lie intimement au sujet dont nous nous occupons.

Vers le commencement de la restauration, un médecin déterra par hasard, dans la poussière des manuscrits oubliés à la Bibliothèque royale, une grammaire chinoise; il était homme d'esprit, et devina tout de suite le parti qu'il pouvait tirer de cette découverte. L'exemplaire de la Bibliothèque royale était le seul qui existât en Europe, peut-être était-il le seul qui fût au monde : le docteur le copia, le fit imprimer et le produisit comme sien. Ce livre fit sensation; — il fit plus, il fit nommer le docteur conservateur des manuscrits chinois de la Bibliothèque royale — qui ne possédait pas de manuscrits chinois. Tout allait pour le mieux dans la meilleure des places possibles; le médecin, à force de lire *sa* grammaire, devenait tous les jours de moins en moins médecin et de plus en plus chinois; personne, lui seul excepté, ne doutait de sa science, — lorsque trois satanés marchands de thé de Canton, trois méchants *Pékins*, conçurent l'idée infernale de visiter l'Europe. On ne descend pas de l'Empire Céleste sur cette partie du globe sans venir se promener en France, sans venir voir les merveilles et curiosités de Paris, et la première merveille qu'on dut montrer à des Chinois était sans contredit le savant sinologue qui avait réinventé la langue de Confucius.

Le cornac des trois magots n'eut donc rien de plus pressé que de

les conduire auprès du conservateur des manuscrits chinois. Il était en ce moment occupé à traduire, pour l'Académie des belles-lettres, une inscription trouvée sur un bâton d'encre de Chine.

— Monsieur, lui dit le cornac, voici trois cousins-germains du céleste empereur Fa-Fe-Fi-Fo-Fu, qui seront flattés de trouver un homme capable de les entendre.

— Fort bien, répondit le savant. Et il se mit à parler de la façon la plus chinoise du monde.

Les trois voyageurs ouvraient de grands yeux, s'entre-regardaient, regardaient le savant et ne répondaient pas.

Le savant eut besoin de se moucher, et les Chinois saisirent cette occasion de glisser quelques mots; à son tour, le savant les écouta sans répondre, mais en clignant les yeux comme un homme qui n'est pas dupe d'une malice. Puis se tournant vers le

cornac, il lui dit avec gravité : — Ces hommes ne connaissent pas la langue chinoise, ils ne me comprennent pas. Et il se remit tranquillement à traduire son inscription.

Échappé à ce danger, notre conservateur croyait sa réputation à l'abri de nouvelles atteintes. Hélas! tout n'est qu'heur et malheur en ce monde; les Anglais trouvèrent dans l'Inde un second exemplaire de la grammaire chinoise du père Prémare, l'imprimèrent sous le nom du véritable auteur, et il fut démontré par A plus B qu'elle avait été littéralement copiée par le moderne savant.

Néanmoins, la science est redevable à cet infortuné conservateur de l'impulsion donnée chez nous à l'étude de la langue chinoise, pour laquelle le gouvernement avait judicieusement fondé une chaire. Le professeur a fait un élève : et cet élève, qui fut longtemps un des beaux sapeurs de la garde nationale, fait aujourd'hui le plus grand honneur à son maître, auquel il a succédé dans sa chaire.

Mais n'allez pas juger de tous les cours de langues orientales par celui-ci! Tous ne sont pas aussi suivis : l'*hindoustani*, par exemple, se prêche dans le désert, ainsi que l'ancien persan et le turc d'autrefois. Seul entre tous, le professeur d'*arménien* est parvenu à se composer un auditoire en la personne de son vieux domestique, presque idiot et tout à fait sourd.

Il n'est question, vous l'entendez bien, que des langues éteintes; quant au persan, au turc et à l'arménien actuels, c'est-à-dire aux langues dont on a besoin, elles ne font pas partie de la science, les savants les méprisent et flétrissent du nom d'interprètes ceux qui ont la petitesse de les enseigner.

La position d'orientaliste est fort douce, très-lucrative, et par conséquent extrêmement enviée. Dire toutes les petites ruses qu'on emploie pour y arriver, tous les efforts que l'on fait pour s'y maintenir, serait difficile, parce qu'ils varient suivant les temps, les hommes et les nécessités du moment.

Nous ne citerons qu'un fait. — *Ab uno disce omnes.*

Un orientaliste, professeur d'une chaire, en convoitait une autre, car les chaires d'orientalistes peuvent se cumuler sans inconvénient, — il est tout aussi facile de ne pas faire deux cours que de n'en pas faire un. — La chaire convoitée allait devenir vacante par la mort du titulaire — du moins on l'espérait — et chacun dressait à l'avance ses échelles d'escalade. Un jeune homme, qui avait pris au sérieux le métier de savant, traduisait et apprenait *pour de vrai;* cela dit assez qu'il était un peu simple d'esprit; mais ce qui le prouve irrévocablement, c'est qu'il alla consulter l'orientaliste dont nous parlons, le pria d'appuyer sa demande et de lui indiquer le

 d'arriver. — Vous savez, lui dit-il, que j'ai beaucoup tra-
 et que j'ai quelques droits à remplacer M. *** SI NOUS AVONS
 LHEUR DE LE PERDRE.

 Sans doute, lui répondit le savant, mais *** est moins malade
 ne le dit, et vous avez le temps de vous préparer. Si vous
 m'en croire, vous traduirez telle chronique; c'est un magni-
 ouvrage, parfaitement inconnu, et ce travail rendra vos
 incontestables.

 Merci, repartit le jeune homme. Et il se mit au travail.
 besogne était rude, elle dura HUIT ANS. Quand elle fut faite,
 cent la présenta au vieux renard qui s'était emparé de la place
 nt que son compétiteur piochait à coups de dictionnaire. —
 bien, très-bien! lui dit le professeur, personne ne peut plus
 isputer la chaire d'hébreu, vous l'aurez sûrement... à ma mort.

 chaire d'orientaliste vaut cinq mille francs, c'est un prix
 mme celui des petits pâtés. Deux chaires représentent donc
 sez joli revenu; mais nous avons connu un savant envers qui
 rie a été bien plus juste encore.

 itre de professeur au collége de France,
 directeur des archives,
 membre de l'Institut,
 membre de telle et telle commission,
 ouchait 25,000 francs par an.
 000 fr. de traitement! c'est le trône de la science.

Il est vrai que cet homme illustre a fait de grandes choses et un gros volume in-quarto, imprimé par l'Imprimerie royale, lequel volume a pour but d'établir d'une manière assez positive que la statue de Memnon

 mais parlé, ainsi que le prétendent les anciens historiens.
 propos de l'Imprimerie royale, il se pratiquait une petite.....
 qu'il est bon d'apprendre au public.

 e commission est appelée à décider quels ouvrages sont dignes
 ar importance ou leur utilité d'être imprimés aux frais de
 . Cela est juste! et comme les membres de cette commission
 tous des savants distingués, des orientalistes, des conservateurs
 importe quoi, il est encore parfaitement juste qu'ils décrètent
 ression de leurs
 pres ouvrages.
 lus, il est de
 justice que
 eur reçoive 500
 ip aires du livre
 il a généreuse-
 t accordé l'im-
 ion au gouver-
 ent; — et com-
 e livre est pres-
 toujours im -
 ble, — par consé-
 t invendable —
 vant faisait hom-
 d'un exemplai-
 chaque potentat
 Europe, qui re-
 aissait cette ga-
 rie par des croix, des pensions, des tabatières, etc., etc.

 nous resterait à parler :
 es examinateurs de livres classiques, qui approuvent leurs pro-
 ouvrages et se font ainsi des revenus princiers;

Des savants envoyés en mission par le ministère de l'instruction publique, et promenant aux frais de l'État leur famille tout entière en Suisse, en Italie, en Grèce, etc., etc.

De ceux qui ajoutent à leur mission scientifique les bénéfices d'une mission moins honorable dont les honoraires sont pris sur la caisse des fonds secrets, et de bien d'autres savants sur le compte desquels nous nous proposons de revenir dans un ouvrage *ad hoc*.

Le commerçant.

Nous serons obligé d'écourter ce chapitre, qui demanderait à lui seul plus de place que l'éditeur n'en met à notre disposition; attendu que chaque industrie, chaque profession compte ses floueurs et fournit des genres particuliers de flouerie. Depuis le marchand de cannes de jonc, qui vend des bâtons de sapin recouverts d'une écorce de roseau;

Le marchand de bijoux à 29 sous, contrôlés par la Monnaie, qui vend des bagues remplies de plomb;

La laitière, qui vend du lait d'amidon;

L'épicier, qui débite du sel mêlé de craie blanche et du sucre en poudre mêlé de farine;

Jusqu'au manufacturier qui exporte des draps et des étoffes à fausses mesures, tout le corps des marchands, fabricants et négociants, est infecté de voleries. Cela dit d'une façon générale, mais non absolue, nous esquisserons quelques-uns des caractères saillants de cette classe.

LA VENTE D'UN FONDS.

Un homme a-t-il échoué dans les affaires, il vend son fonds le mieux qu'il peut, — ce qui veut dire le plus cher possible.

S'il a réussi, s'il s'est enrichi, — il le vend excessivement cher.

D'où il résulte que, parmi tous les moyens de se ruiner, un des plus sûrs, c'est d'acheter un mauvais fonds; le plus certain, c'est d'en acheter un bon.

C'est pourquoi l'homme intelligent aime mieux le créer.

On ne trouve pas toujours un acquéreur solvable; dans ce cas, nous recommandons comme spécimen la flouerie suivante :

M*** était marchand depuis vingt ans ; le plus clair de sa fortune consistait en deux beaux enfants, un garçon et une fille, qu'il avait assez bien élevés, mais qu'il fallait à présent marier. M*** cherche un gendre, et rencontre un jeune homme de bonne famille qui s'éprend de mademoiselle ***.

— Je donne à ma fille, dit le marchand, le quart de ma maison, à la condition que vous apporterez une somme représentant la même valeur, moyennant quoi vous serez associé avec moi par moitié : mon fonds vaut 400,000 francs.

C'est donc 100,000 fr. que vous apporte ma fille.

Donnez - moi 100,000 fr., et vous partagerez les bénéfices avec moi.

Le gendre, trop amoureux de la fille pour suspecter la bonne foi du beau-père, lui donne 100,000 fr.

Au bout d'un an, le digne homme agit de même en mariant son fils : il lui cède l'autre moitié, reçoit de sa bru 100,000 fr., et se retire avec une petite fortune de dix mille livres de rentes.

Or, son fonds ne valait que 200,000 fr. :
— il les a retirés, s'est débarrassé du fardeau des échéances, a marié ses enfants, et s'est honnêtement retiré du commerce.

Quelquefois il lui arrive de penser à sa petite flouerie, mais il s'étourdit par ce raisonnement : — Je n'emporterai pas mon argent ; il leur reviendra toujours ; NE SONT-ILS PAS MES ENFANTS ?

L'Exportation.

Tout est bon pour l'exportation : l'étranger achète de confiance, — et lorsqu'il reconnaîtra que mes draps sont *faux teint*, que mes indiennes sont *fausses mesures*, — que mon orfévrerie n'est pas au titre, que ma soie est mélangée de coton, j'aurai reçu son argent et me moquerai de lui. Tel est le raisonnement de la flouerie manufacturière, pour qui l'exportation n'est rien autre chose que le moyen d'écouler ses marchandises vieilles, laides et défectueuses. Mais le fabricant floueur se trompe ; l'exportation est encore bonne à quelque chose, elle sert parfois à flouer le fabricant lui-même.

Exemple :

M. Benoît jouit à Paris d'une bonne réputation, sa maison de commission est, sinon respectable, du moins respectée ; il a *toujours fait honneur à ses engagements*. Notez bien ceci ; car c'est le grand cheval de bataille d'une foule de coquins, et cela me fait souvenir d'un ancien charcutier de la rue Saint-Jacques qui avait assassiné sa femme. — Aux débats, alors que tout venait confirmer les charges de l'accusation, l'assassin interpellait chaque témoin et lui disait : N'ai-je pas toujours fait honneur à ma signature ?

— Oui, disait celui-ci. — Hé bien ! monsieur le président le voyez, j'ai toujours fait honneur à ma signature ; et vous que j'aie assassiné ma femme ?

M. Benoît, disions-nous, *a toujours fait honneur à se gagements*, le monde n'en demande pas davantage ; mais vous dire, moi, par quels moyens M. Benoît conserve son cré

De temps en temps il fait une affaire d'exportation, caché rière un prête-nom, un homme de paille, autrement dit un responsable.

Ce gérant, il le choisit jeune, ambitieux et inexpérimen préférence il le prend dans la classe des commis de grande ou des hommes qui ont de bonne heure échoué dans le com

« Mon garçon, lui dit-il, vous végétez à Paris ; voulez-vou » ter la fortune ? Je vais vous aider à composer une belle ca » et vous envoyer aux Antilles. »

Quel est le pauvre diable qui ne change pas volontiers un p besoigneux contre l'avenir pailleté d'un voyage en Amérique

Le marc conclut et l' tion commen « Voici la des articles ré chés dans les nies ; courez visitez toutes connaissance obtenez le pl marchandises sible aux me res condition aux plus long

mes que vous pourrez ; ces marchandises seront consignées moi, et je vous donnerai 30 p. 100 comptant sur le montan factures. »

Le jeune pacotilleur fait feu des quatre pieds, se recomm de M. Benoît, par qui, dit-il, il est commandité. M. Ben garantit rien, il *ne prend pas d'engagements* ; mais il r aux questions des fournisseurs que le jeune homme est par ment honnête et qu'il a toute sa confiance.

Sur de tels renseignements, les marchandises sont livrées, cotilleur fait aux fabricants des billets à un an de date, et les et ballots sont consignés par lui chez M. Benoît ; les 30 p. 10 vent à payer ses vieilles dettes et à festoyer largement tous ses d'estaminet. Cela va bien !

Voici la cargaison prête ; le consignataire dit au jeune homme : « — J'ai reçu pour 200,000 fr. de marchandises, je vous ai donné 60,000 fr. ; vous allez suivre l'expédition et surveiller la vente de de *notre* pacotille ; vous partirez par la *Belle-Carot* à bord de laquelle je consigne les caisses. Arrivé à la Martini le capitaine opérera la vente que vous surveillerez, il me rap tera les fonds, et nous réglerons nos comptes. »

Les choses se passent ainsi. Le navire arrive ; mais les co sachant que le vaisseau ne peut pas faire un long séjour, ne sent pas les enchères ; la vente ne produit que 50 ou 60 p. 10 montant des factures, soit 100 — ou 120,000 francs.

Or, après le prélèvement des 60,000 francs avancés, de l'in de cet argent, d'une prime de 12 p. 100 convenue, des frais de consignation, etc., etc., il ne reste rien au pacotilleur, pour ses 200,000 francs de billets, rien que   ressource d'une fai quant à M. Benoît, il continue son commerce, et *fait toujours* **neur à ses engagements.**

LE TAILLEUR DES FILS DE FAMILLE.

La flouerie que nous venons d'indiquer est le recélé sous forme de consignation. — Voici le recélé pur et réduit à des proportions qui, pour être plus mesquines, n'en font pas moins la fortune de quelques floueurs d'un rang secondaire.

Près la place de la Bourse, au premier étage d'une grande et le maison, loge un tailleur bien connu.

Il n'a pas d'atelier, n'occupe pas un seul ouvrier en ville; et pendant ses magasins sont encombrés d'habits tout neufs qu'il nd à moitié des prix ordinaires.

Ce tailleur peut défier Humann, Berchut, Barde et Buisson de nfectionner mieux que ce qu'il offre à ses pratiques; et cela est oyable, car tout ce qu'il possède vient précisément de chez Hu- nn, Berchut, Barde, Buisson et autres tailleurs à la mode.

Vous ne comprenez pas? Oh! mon Dieu! c'est cependant bien nple.

Quand un fils de famille a épuisé la bonne volonté paternelle, and il a usé et abusé de la liberté des lettres de change, quand il a plus la confiance de son carrossier, quand l'usurier lui-même vient pour lui intraitable, il est encore un crédit qui lui demeure vert. un homme qui lui reste fidèle... Cet homme, c'est son lleur.

Dans la circonstance susdite, le fils de famille commande un ou usieurs habillements complets : habits de chasse, habits de ville, bits habillé. — Humann les fournit, et le tailleur des environs la place de la Bourse les reçoit immédiatement sous bonification 75 pour 100 de remise sur le mémoire de Humann.

Ce jeu-là conduit un jour le fils de famille à Clichy, — quelque-

is à la septième chambre. Dans ce cas, c'est l'affaire des huissiers

et des juges correctionnels. Mais s'il va jusqu'à la cour d'assises, il y rencontrera un juge à cheval sur la probité, un juré qui le con- damnera sans circonstances atténuantes : ce juré, c'est le tailleur des environs de la place de la Bourse.

LES ÉTUDIANTS DE LA CAVERNE.

Dans le quar- tier des écoles, existe un estami- net connu sous le nom de *la Ca- verne ;* c'est le point de réunion de tous les étu- diants hors d'âge, de tous les fruits secs du droit et de la méde- cine. Là, se ren- contrent ces élèves qui mangent leur patrimoine par anti- cipation, et ceux qui, l'ayant dévoré, satisfont encore leurs appétits de dépenses à l'aide de tours d'écoliers que le Code pénal qua- lifie vols et escro- queries.

Entrez dans la Caverne à toute heure du jour, vous

y verrez pratiquer sur une grande échelle ce précepte évangélique : *Donnez à boire à ceux qui ont soif.* — La bière, le punch et l'eau-de-vie coulent sans interruption ; boit qui veut : ami, étranger, inconnu, tout le monde. — Qui paye donc ? — le commerce, en général, et particulièrement le commerce d'édition.

Du reste vous allez en juger ; voici un commis-libraire qui entre; écoutez :

(Il saisit le premier verre venu, boit, et s'écrie :) — Quel est celui qui n'a pas encore *fait* un classique latin ?...

— Moi ! répond un joueur de piquet.

— J'en ai besoin tout de suite.

— On y va ! après la partie.

Le commis boit encore, et part en disant qu'il va revenir. Un autre commis lui succède, boit, demande un autre ouvrage, et, sur la même réponse faite par une autre voix, il boit de nouveau et part.

Bientôt les joueurs, sans quitter la table, écrivent, l'un à M. Panck- kouke, l'autre à MM. Paulin et Dubochet, ou à toute autre vic- time, une lettre dont voici la substance :

« Monsieur,

» J'ai reçu de mes parents l'ar- gent nécessaire à l'achat des classi- ques latins; mais le carnaval m'ayant entraîné à quelques dépenses extra-lé- gales, je me trouve un peu à court au- jourd'hui, et ce-

pendant je voudrais bien posséder cet ouvrage, dont j'ai besoin pour mes études. Si vous consentiez, monsieur, à me le vendre payable par tempérament de vingt-cinq francs tous les mois, ou contre un billet à terme raisonnable, vous obligeriez infiniment votre très- humble serviteur, » * * *

» Fils de M *** , médecin à *** , étudiant, rue *** . »

Vous devinez le reste : M. Panckouke est volé; son livre est donné pour le dixième de sa valeur, et, quand il se décidera à poursuivre le prétendu étudiant, il n'aura devant lui qu'un pilier d'estaminet criblé de dettes, et ne possédant pour tout meuble que sa pipe culottée et des tessons de bouteille.

L'Actionnaire.

Oui, monsieur l'actionnaire, nous vous donnons une place dans la *Physiologie du floueur.* — Ne vous plaignez pas, vous serez certes en belle compagnie! Voyez : des princes, des ministres, des diplomates, des députés, de hauts fonctionnaires, des négociants estimés, des publicistes en renom, des banquiers; et si nous ne vous présentons pas les agents de change, les notaires, les avoués, une partie du barreau et de la magistrature, c'est que notre local in-quarto ne peut contenir toutes les notabilités de la flouerie parisienne.

Vous avez longtemps joué le rôle de dupe; et comme à ce jeu l'on finit souvent par devenir autre chose, vous êtes devenu, sinon malin, du moins malicieux.

Les gérants vous volaient à l'aide de promesses dorées, vous les dépouillez à votre tour à l'aide de menaces correctionnelles.

Cela est peu moral, mais cela est parfaitement naturel.

Malheur vraiment au directeur d'une société en commandite dont la gestion prête un peu le flanc à la critique du parquet! L'actionnaire saura mettre la terreur à profit pour se faire rembourser ses actions au pair, s'il les a achetées à 50 pour 100 de leur valeur nominale; — au double, s'il les a achetées au pair.

Il avait l'étoffe d'un actionnaire, ce brave marchand dont les journaux parlaient ces jours derniers, qui, ayant surpris un commis dérobant une aune de calicot, lui fit souscrire plusieurs billets de mille francs, en le menaçant du commissaire de police.

M. de L......, engagé dans une affaire qu'il avait crue excellente et qui tournait mal, voulut pour sauver l'honneur de son nom, rembourser intégralement tous ses actionnaires : il pensait être accueilli par des témoignages de reconnaissance. Personne ne voulut du remboursement au pair; tout le monde demanda, qui moitié, qui un tiers en sus de la somme versée. Ses amis — seuls — se contentèrent de 125 pour 100. Ce fait s'est représenté dans toutes les occasions du même genre.

Une affaire est-elle bonne, vous allez croire l'actionnaire satisfait? Allons donc! Il a acheté son action 1,000 francs, elle a produit un dividende de cent pour cent, — sa valeur décuple, elle se cote à la Bourse 10,000 francs. — Le dividende néanmoins reste à 1,000 francs, et l'actionnaire reçoit toujours cent pour cent de son versement. Mais il part de la valeur actuelle de son titre et dit : mon action vaut 10,000 francs, je ne reçois que 10 pour 100 de mon argent. Je suis volé!

Dernièrement, dans un procès dirigé contre un gérant, les actionnaires disaient : — A telle époque, vous nous avez distribué un dividende supposé, — ce dividende avait été pris par vous sur le fonds social. Vous devez nous le rendre. — Mais, répliquait le malheureux, si j'ai eu tort de le prendre sur le fonds social, vous ne l'avez pas moins reçu et gardé. — C'est vrai, mais vous n'aviez pas le droit de nous le donner, — vous devez nous le rendre.

Au reste, quiconque observe un peu, avait jugé l'actionnaire bien avant la réaction opérée contre les gérants.

Une opération sage, basée sur des principes vrais et dirigée par un galant homme qui ne promettait que des gains raisonnables, ne pouvait parvenir à réaliser le quart de son capital; tandis qu'une entreprise folle, conduite par un sauteur, connu pour tel, mais annonçant des bénéfices hors de toute probabilité, trouvait à l'instant même tout l'argent qu'elle demandait. Qu'en fallait-il clure si ce n'est que le succès des voleurs n'était dû qu'à l'ar... cupidité des volés? Il se passait, en effet, dans les régions... grande et de la petite propriété, précisément ce que nous fait le vol à l'*américaine* dans les derniers rangs de la population.

Un garçon de caisse, un paysan porteur d'un sac d'argent

pauvre diable vient de toucher somme à la Ba... est abordé par prétendu Améri... qui baragouine français et dem... la direction du sée, du Palais-Na... nal ou de tout a... lieu : il craint il, de s'égarer offre au porteur sacoche une gui... s'il veut bien le duire. Celui-ci détourne aussitôt de son chemin pour gagner la pièce d'or. L... *méricain* paraît ignorer la valeur respective des guinées et des écus de cinq francs; il voudrait changer la monnaie de son pays et il manifeste l'intention de la troquer contre un nombre égal de *belles pièces blanches.* C'est un coup de fortune, pense le nigaud, je vais voler ce noble étranger; et il se hâte d'échanger son sac pour des rouleaux d'or. L'*Américain* disparaît et le jobard reste. — Il a reçu et accepté des cailloux enveloppés, des ardoises en rouleau, des lingots de plomb ou toute autre monnaie équivalente. Alors le désir

de la vengeance se réveille dans son cœur; il crie, il maudit... voleurs, dépose sa plainte et court toute la ville pour retrouver... scélérat qui a abusé de sa *bonne foi.* S'il le rencontre, il le tra... en justice et le fait condamner — pour l'exemple.

Faits divers.

—Doucemer... doucement! criait tout l'heure le célèb... Aubert, vous donnez de la m... tière pour *Physiologies*... En style d'i... primeur et d'éd... teur, le manuscrit, fût-il de Chateaubriand, de lord Byron ou... Trissotin, c'est de la *matière*, rien que de la matière.

Lancez donc votre génie dans le ciel de la poésie, — creuse... vous donc la cervelle pour produire laborieusement un chef-d'œuvr... votre éditeur n'y verra toujours que de la matière!

— Tenez, Aubert, voici un chapitre que nous allongerons d'u... lieue, si cela est nécessaire, — un chapitre que vous couperez... comme une ficelle, tout juste à l'endroit où finiront vos seize page...

C'est un chapitre de faits détachés. — J'en ai dans mon s...

atant qu'il en faudrait pour remplir toute votre collection. — Vous n'avez qu'à parler.

***, inventeur des primes en loterie, des bénéfices anticipés, des actions par duplicata, fondateur de la Société typographique en actions, de la Société des Vocabulaires, de celles des Médailles et de l'*Univers littéraire*, était arrivé, à force de brillantes affaires, à ne pouvoir plus faire argent de sa signature.

— Ah, s'écria-t-il, les banquiers ne veulent plus escompter mon papier ! c'est bon ; je vais l'escompter moi-même.

Et il créa la Banque industrielle ; capital social : SIX MILLIONS. Malheureusement parut, au moment de cette philanthropique entreprise, le premier numéro de la série caricaturale des *Robert-Macaire*, et les actions de la banque ne

se placèrent plus : le moucheron vint à bout du lion.

Le même spéculateur avait précédemment fondé un journal littéraire au capital de QUELQUES CENTAINES DE MILLE FRANCS, le capital se réalisa en entier, et l'habile administrateur se hâta d'organiser sa publication.

A cet effet, il prit un splendide appartement au premier étage, sur les boulevards, — d'une valeur de 10,000 francs par an ; acheta deux magnifiques chevaux pur-sang, et fit faire une voiture de la plus grande élégance pour porter à la poste le service futur du journal également futur ;

La livrée des garçons de bureau était du meilleur goût ; ils étaient dorés sur toutes les coutures.

Des traités furent passés avec tous les *maréchaux de la littérature;*

Et la société, représentée par son directeur, donna immédiatement des concerts artistiques, des matinées dansantes et des bals littéraires.

Et le journal, on ne le fit donc pas ? — Que diable ! attendez, on ne peut pas tout faire à la fois ! Quand la société eut bien monté sa maison, quand elle eut donné un bon nombre de concerts, quand elle eut bien fait manger la littérature, — douée d'un fort bel appétit, — quand elle eut bien fait danser les rédacteurs et le fonds social, elle se mit en devoir de publier son premier numéro.

Mais, par une singularité difficile à s'expliquer, elle n'avait plus d'argent !.... Que vouliez-vous qu'elle fît ?

Elle liquida. — Mais il est juste de dire que sous ce rapport elle ne laissa rien à désirer : pour les actionnaires aussi bien que pour les fournisseurs, la liquidation fut si complète, qu'elle se changea en un parfait bouillon.

L'histoire de défunt *Figaro* nous revient en mémoire à propos de journal littéraire.

Figaro, le malin petit journal de la restauration, devait avoir

sa part du gâteau de 1830. — Il eut plus que sa part : il fut nommé préfet, obtint un privilége de théâtre, deux ou trois décorations de la Légion d'honneur, et une foule d'autres friandises, tant et si bien qu'il en mourut de réplétion.

Trois ans se passent, le nom de *Figaro* appartenait à l'histoire : il était tombé dans le domaine public : un monsieur le ramasse, constitue une société au *capital de trois cent mille francs*, et s'attribue CENT MILLE FRANCS pour l'apport du titre de *Figaro* !

Les actions se placent et le journal paraît trois mois, au bout desquels il s'éteint doucement dans les bras de son nouveau créateur.

Le voici donc mort encore une fois, c'est sans doute la bonne ? pas du tout. Le même monsieur, prenant goût à la chose, revend à un autre la dépouille *immortelle* du barbier de Séville ; le nouvel acquéreur reconstitue une *autre société*, qui bientôt tourne en liquidation ; et le nom de Figaro, — ce nom qui appartient à tout le monde depuis longtemps, — est vendu une troisième fois.

Convenez qu'en présence de cette facilité à réaliser des capitaux par certains procédés, il faut avoir l'honnêteté bien chevillée dans le cœur pour ne pas la laisser choir.

Un éditeur est député ; il profite de sa position toute ministérielle pour obtenir du gouvernement cent souscriptions à un ouvrage qu'il vend 2,000 francs, et cet ouvrage n'est que la réimpression de vieilles planches achetées à vil prix dans une vente publique.

N'allez pas croire que nous fassions allusion au *Py...* avec lequel ce fait a malheureusement quelques rapports.

Le gouvernement a dépensé plusieurs millions à produire un monument graphique sur des antiquités, — sur l'Égypte moderne, — ou sur tout autre sujet d'une vaste étendue.

Quelque jour, n'en doutez pas, il se trouvera un éditeur qui, au moyen d'un pot-de-vin donné convenablement, se fera autoriser à tirer sur les planches de cet ouvrage. Dans ce cas, il pourra vendre sa réimpression, à fort bon marché, et gagner sur son livre ou sur son atlas quatre ou cinq cent mille francs.

L'ouvrage du gouvernement sera avili, c'est vrai ; mais deux millions de gaspillage ne paraîtront pas sur la quantité de millions gaspillés, et personne ne le saura.

Puisque nous en sommes sur le compte de l'éditeur, citons encore quelques-unes des floueries qu'il *pourrait* pratiquer.

Il pourrait annoncer un Dictionnaire des sciences médicales en trente volumes, recevoir les souscriptions et pousser sa collection à

80 volumes, de telle sorte que le souscripteur, qui n'a cru dépenser qu'une somme donnée, se trouverait forcé de débourser trois fois plus.

Il pourrait, après la riche récolte produite par ce livre, en faire une réduction, un abrégé en 20 ou 25 volumes, et récolter une seconde fois; — seulement vous payeriez alors cent francs le résumé du fatras que votre voisin aurait payé dix fois plus cher.

Il pouvait, avant la République (s'il était député ministériel, la chose était très-facile), obtenir le droit d'imprimer le Dictionnaire de l'Académie et de le vendre à son profit, sans rembourser à l'État les 15,000 francs que ce livre lui avait coûté pendant 30 ans, soit 450,000 francs.

Il pourrait bien d'autres choses encore!

Savez-vous, bons électeurs de province, comment se faisait la pot-bouille législative, autrefois? Écoutez :

M. D*** était nommé rapporteur de la commission choisie pour examiner le projet de loi sur tel chemin de fer. On savait que le rapport devait être fait dans un sens qui blesserait les intérêts de telle compagnie. Cette compagnie effrayée dépêchait auprès de M. D*** un de ses directeurs. Celui-ci, après les premières banalités ordinaires entre gens qui n'osent aborder de front une question embarrassante, glissait adroitement au rapporteur l'offre d'une cinquantaine d'actions; — cela est dit en termes assez clairs pour être bien compris, assez obscurs pour ne pas demander de réponse catégorique. — Peu de jours après, M. D*** faisait le rapport : sa conclusion était, à la vérité, négative pour la compagnie; mais les motifs, les considérants se trouvaient arrangés de telle façon qu'ils tournaient tous pour l'affirmative.

C'est une bien belle chose que la philanthropie! Demandez à M. ***. Pendant dix ans, il a couru les bagnes et les maisons de correction, écrivant à tort et à travers sur les pauvres prisonniers, et réclamant pour ses chers protégés plus de douceurs qu'ils n'osaient en espérer eux-mêmes. Leurs chambres étaient trop obscures, leur nourriture trop peu succulente; si on l'eût écouté, on eût fait de tous les faussaires, banqueroutiers et assassins, autant de bons gros chanoines.... On prit le parti le plus sage, — on le fit inspecteur des prisons. — Rien ne changea, mais tout fut bien; sa philanthropie se trouva satisfaite.

Cependant, il est une institution philanthropique qui se distingue parmi toutes les œuvres humanitaires! C'est une société, une sorte d'académie Monthyon, dont le but est d'encourager le bien et de glorifier le courage. Un homme se précipite-t-il dans l'eau ou dans le feu pour sauver son semblable, la société lui décerne immédiatement une médaille, sur laquelle sa belle action est inscrite!

Et ce morceau de bronze précieux, la société lui en fait don à perpétuité, — pour la bagatelle de 25 francs.

Certes! voilà un hommage rendu à la vertu! Voilà une société vraiment utile, morale et philanthropique!

Pour vingt actions de ce genre, vous pouvez avoir vingt médailles; vous pouvez même en avoir davantage, et, au besoin, il suffira que vous ayez eu l'intention de vous distinguer — et l'attention de payer vos médailles.

Saint-P*** fonde un journal. C'est une entreprise qui exige impérieusement un fort capital; Saint-P*** n'a pas le premier sou. N'importe! son journal paraît, grâce au crédit risqué par l'imprimeur. Au bout d'un mois, celui-ci ne voyant pas venir le payement promis, cesse l'impression. Mais il reçoit aussitôt de Saint-P*** une assignation dans laquelle, attendu que le sieur *** refuse d'imprimer *sous de vains prétextes*, et par ce refus compromet gravement les intérêts du demandeur, il le somme d'avoir à lui payer la somme de 10,000 fr. de dommages-intérêts!.....

M. le duc d'A*** avait promis à une compagnie de banquiers de lui faire obtenir un privilége de théâtre, et la compagnie s'était engagée, en cas de réussite, à lui payer une somme de 300,000 francs. — Le privilége est accordé, et les banquiers s'empressent d'apporter à M. le duc les 300,000 francs convenus. — Seulement, au lieu de billets de banque, ces messieurs lui présentent 300,000 fr. de ses propres lettres de change, qu'ils ont achetées sur la place à 30 pour 100.

M. d'A*** a floué le gouvernement, les banquiers ont floué M. d'A***, c'est dans l'ordre!

M. M*** est grand fondateur d'académies. — C'est donc un grand savant? — Pas si bête! c'est un spéculateur.

Il crée l'académie de zoologie, — ou de géographie, — ou de toute autre science.

Il s'intitule lui-même président à vie.

Ses fonctions sont gratuites, — il est seulement logé, chauffé, éclairé par la société; c'est bien le moins qu'on puisse accorder ce au président d'un corps savant! — et il prélève la somme de.... pour ses frais de bureau.

Quiconque est géologue, géographe, ou bien se propose de devenir, est appelé, — et tout le monde est élu... moyennant une modique rétribution annuelle.

Personne n'est floué, car, pour une faible rétribution, chacun reçoit son diplôme, en véritable parchemin, signé du président,

M***,

et de son valet de chambre,

Secrétaire perpétuel.

Ce qui donne le droit d'ajouter à sa signature le titre de membre de la Société de géologie, — ou de géographie, ou de n'importe quoi.

Un homme de lettres, bien connu, livre un manuscrit à son éditeur, et celui-ci veut, en le payant, retenir une somme que l'auteur lui doit. — Plaisantez-vous, mon cher! s'écrie l'homme de lettres, je n'ai pas besoin de la somme que je vous dois, mais de celle que vous me devez; payez-moi tout, et restez mon créancier.

Au reste, les beaux jours de la commandite en actions vont revenir, vous pouvez tous les jours saluer aux annonces légales la constitution de telles et telles sociétés intitulées à juste titre *Californiennes*, car elles exploitent une vraie mine d'or — une mine inépuisable — une mine où il n'y a qu'à se baisser....... la niaiserie des actionnaires.

PARIS. — TYPOGRAPHIE PLON FRÈRES, RUE DE VAUGIRARD, 36.

FIN DU FLOUEUR.